ABC
DOS POVOS INDÍGENAS NO BRASIL

Coordenação editorial **Graziela Ribeiro dos Santos**
Preparação **Marcia Menin**
Revisão **Carla Mello Moreira e Gislaine Maria da Silva**

Edição de arte **Leonardo Carvalho**
Projeto gráfico **Paula Astiz**
Diagramação **Leonardo Carvalho**
Produção industrial **Alexander Maeda**
Impressão **Bartira**

Dados Internacionais de Catalogação na Publicação (CIP)
(Câmara Brasileira do Livro, SP, Brasil)

Kahn, Marina
ABC dos povos indígenas no Brasil/ Marina Kahn; ilustrações Apo Fousek. — 2. ed. — São Paulo: Edições SM, 2014.

ISBN 978-85-418-0393-9

1. Índios da América do Sul — Brasil — Literatura infantojuvenil
2. Povos indígenas — Brasil I. Fousek, Apo. II. Título.

14-02501 CDD-028.5

Índices para catálogo sistemático:

1. Povos indígenas : Brasil : Literatura infantojuvenil 028.5
2. Povos indígenas : Brasil : Literatura juvenil 028.5

1ª edição 2011
2ª edição 2015
10ª impressão 2024

SM Educação
Avenida Paulista 1842 – 18° Andar, cj. 185, 186 e 187 – Cetenco Plaza
Bela Vista 01310-945 São Paulo SP Brasil
Tel. (11) 2111-7400
atendimento@grupo-sm.com
www.smeducacao.com.br

MARINA KAHN
ILUSTRAÇÕES **APO FOUSEK**

ABC
DOS POVOS INDÍGENAS NO BRASIL

sm

Tupi or not tupi, that is the question

Oswald de Andrade

A redescoberta dos povos indígenas no Brasil

Chega dessa história de ocas e tabas, de índios falando tupi, cultuando Tupã e Jaci, vivendo nus na mata e caçando com arco e flecha. Este *ABC*, escrito pela antropóloga e educadora Marina Kahn, vai mostrar outro Brasil indígena. Prepare-se para encontrar coisas novas.

Diversas etnias vivem no Brasil. De norte a sul, de leste a oeste, existem mais de 234, falando cerca de 180 línguas e morando em milhares de aldeias. A população indígena está estimada entre 500 mil e 820 mil indivíduos, incluindo aí os que vivem em terras demarcadas pelo governo, em cidades e também os que permanecem isolados.

Eles já foram muitos mais no passado. Em 1500, quando os portugueses aportaram por aqui, acredita-se que a população indígena chegasse a 6 milhões de indivíduos e que houvesse mais de 1.270 línguas nativas. Passados mais de 500 anos, cerca de 85% dessas línguas sumiram, assim como muitos dos povos que as falavam.

No entanto, engana-se quem pensa que os índios estão se extinguindo. A população indígena tem crescido ano a ano e cada vez mais os povos vêm assumindo sua identidade e lutando por ela, bem como pelas terras e florestas onde vivem e por seus modos de vida. Muitos incorporaram objetos, alimentos e costumes das demais culturas que compõem o Brasil. Alguns estão conectados à internet e conversam em celulares. Quase todas as crianças indígenas frequentam escolas nas aldeias, muitas delas estudando em livros escritos em suas línguas. Mas nem por isso perderam o sentimento de pertencer a uma cultura própria e continuam a praticar seus rituais e festas e a contar histórias que passam de geração em geração. Virando as páginas deste *ABC*, você vai começar a descobrir aspectos de um mundo indígena fascinante e, com certeza, pouco conhecido.

Luís Donisete Benzi Grupioni

A

AJURI

Mutirão para abrir uma roça, trançar as palhas de um telhado, levantar as paredes de uma habitação ou simplesmente fazer uma boa limpeza no terreno. Apesar do caráter coletivo, não significa que seja feito de graça. Ao contrário: o ajuri tem sempre um "dono", a pessoa que encomenda o serviço, geralmente para parentes e pessoas muito próximas que, em troca do trabalho, recebem grande quantidade de bebida e comida. Bom humor é ingrediente indispensável. Enquanto trabalham, os participantes costumam contar piadas e fazer brincadeiras.

B

BEIJU

Espécie de pão feito de polvilho, com espessura e consistência que variam de acordo com o acompanhamento. Quando fino e crocante, corresponde a nossos biscoitos ou torradas. No uso diário, é mais grosso e costuma ser comido com mingau de carne ou de peixe assado. O que sobra dele é misturado à água fria para se transformar em chibé, um mingau frio, não cozido, muito apreciado para matar a sede. Em geral, no Nordeste o beiju é chamado de tapioca.

C

CORRIDA DE TORA

Prova de resistência e força que consiste em correr de dois a quatro quilômetros, carregando nos ombros, por revezamento, uma tora de buriti de, no mínimo, 25 quilos. A corrida acontece em momentos específicos do calendário de festas dos povos da família linguística Jê – Xavante, Xerente e Timbira (aqui se incluem os Krahô, Parkatêjê e Apinajé). As mulheres também correm, com toras um pouco menores. Apesar de ser um exercício aeróbico, não é esporte, e, ainda que dela participem dois grupos opostos, não é competição. Mesmo assim, tornou-se uma das modalidades da Olimpíada dos Povos Indígenas, que ocorre todos os anos desde 1999.

D

DABUCURI

Ritual de troca de presentes (em geral, alimentos ou objetos) praticado entre os povos do Alto Rio Negro. A entrega é feita em meio a danças e cantos que contam como os criadores do Universo colocaram os recursos naturais e o conhecimento à disposição dos humanos. Os grupos alto-xinguanos têm ritual semelhante, o *moitará*. Embora sejam executados de modo bem distinto, os rituais têm propósitos parecidos. Nos dois casos, a troca não é feita com base no valor comercial das coisas (como acontece com nossos produtos), e sim no valor de uso para quem delas necessita.

E

ESTEIRA

Objeto para dormir, depositar alimentos, proteger da chuva, servir de parede ou biombo, entre outros usos. O despojamento e a versatilidade dessa peça de diversas formas e variadas texturas são de deixar qualquer designer ou arquiteto morto de inveja. A fibra da palmeira do buriti é utilizada por praticamente quase todas as etnias para a confecção dessas tramas. As mães, por exemplo, carregam seus bebês dentro de cestos feitos das folhas secas e trançadas do buriti. A presença exuberante dessa palmeira é inconfundível nas florestas que ficam na beira dos rios, protegendo suas margens, as chamadas matas ciliares.

F

FESTA

Ocasião de celebrar a vida e aprender leis e tradições que regem o convívio social, sua preparação pode levar meses. Festa é tempo de beber e dançar, contar e ouvir histórias, mas às vezes também envolve algum tipo de provação.
É o caso das que comemoram momentos importantes da vida, como a entrada de rapazes e moças na vida adulta. Para isso, cada povo tem um tipo de batizado, um ritual de passagem: enfiar a mão em uma luva cheia de formigas, furar as orelhas, ter os cabelos arrancados para receber o noivo, bater numa casa de marimbondos com as mãos etc. As mães sofrem, os pais ficam orgulhosos... e tudo acaba em festa.

G

GUARANÁ

Foram os Sateré-Mawé que descobriram o poder energético do *waraná*, arbusto nativo da Amazônia. Com suas sementes, há milhares de anos, esse povo indígena prepara o sapó, bebida amarga e sem borbulhas, bem diferente do nosso refrigerante. Os homens as pilam, transformando-as em uma massa elástica que as mulheres modelam em forma de bastão. Esse bastão é moqueado (defumado) por meses até ficar bem escuro, seco e duro. Aí as mulheres o ralam com seixos de rio, em uma cuia com água. Os homens sateré-mawés ralam guaraná só quando estão longe delas: caçando, pescando ou viajando sozinhos.

H

HUKA-HUKA

Disputa de força e agilidade praticada principalmente pelos homens em todas as cerimônias das dez etnias do Alto Xingu que têm rituais comuns: Aweti, Kalapalo, Kamaiurá, Kuikuro, Matipu, Mehinako, Nahukuá, Trumai, Waurá e Yawalapiti. Para ter ideia dos movimentos de huka-huka, o que existe de mais parecido entre nós é o sumô. Até algumas regras são parecidas. Por exemplo, considera-se derrotado aquele que for atirado ao chão depois que o adversário tiver tocado suas coxas. Quando estão no período de reclusão, preparando-se para a vida adulta, as meninas vão para o centro da aldeia lutar huka-huka.

IPADU

Os índios acreditam em uma conexão entre as pessoas e os espíritos que habitam todas as coisas do mundo, como plantas, animais, pedras, montanhas e assim por diante. Apenas xamãs e pajés, com a ajuda de substâncias entorpecentes, conseguem se conectar com esses espíritos. Algumas etnias empregam o tabaco, outras recorrem às bebidas fermentadas e outras usam as folhas de ipadu. Os índios respeitam as regras do uso do ipadu, porque os caminhos que unem os diferentes mundos oferecem muitos perigos. Só podem percorrê-los aqueles que praticaram severas dietas e resguardos.

J

JENIPAPO

Fruto comestível conhecido principalmente na forma de compota ou licor. Os índios, porém, utilizam sua tinta para pintar o corpo. A polpa incolor do fruto ainda não amadurecido torna-se um poderoso corante negro-azulado depois de alguns minutos em contato com o ar. A cor preta vista no corpo dos Kayapó nas fotos em que estão lutando contra as hidrelétricas no rio Xingu foi passada por eles com as próprias mãos. Os Kadiwéu e os Ticuna fazem desenhos delicados e simétricos no rosto com pauzinhos impregnados de jenipapo. Os Xikrin usam carimbos para decorar praticamente o corpo inteiro com grafismos.

K

KUARUP

Realizado apenas no Alto Xingu, é um conjunto de cerimônias em homenagem a pessoas importantes que morreram. Nesta grande festa, a morte é comemorada com vida. Os jovens até então reclusos são apresentados à sociedade alto--xinguana, os campeões de huka--huka disputam entre si e as etnias se abastecem trocando produtos: imensas panelas de cerâmica dos Waujá e Mehinako, sal dos Aweti, redes e algodão dos Kamaiurá, colares de caramujo dos Kalapalo e bancos de madeira dos Kuikuro. Culmina em um ritual que relembra o sepultamento da mãe dos gêmeos Sol e Lua, os heróis criadores de vários povos da região.

L

LÍNGUA GERAL

A Igreja católica incumbiu os jesuítas de "civilizar" os índios, educá-los como os europeus julgavam adequado. A maioria dos povos que moravam no litoral brasileiro – os primeiros conhecidos pelos portugueses e missionários – falava as línguas de origem tupi. Para facilitar a catequese, os jesuítas aprenderam várias dessas línguas, mas traduzir a Bíblia para todas elas seria muito complicado. Por isso, criaram uma língua-padrão, tomando o tupi como base. Assim surgiu a língua geral ou nheengatu. Ainda hoje ela é falada por algumas pessoas na bacia do rio Negro.

M

MANDIOCA

Soberana do centro ao norte do país, a mandioca é a base alimentar dos índios. Até da mandioca brava, que é tóxica quando não corretamente processada, tudo se aproveita. Dela costuma-se fazer o tucupi, base de caldos e molhos de pimenta. Da macaxeira (aipim, mandioca mansa) ralada, espremida e torrada obtém-se a farinha; da goma assada surge o beiju. Ainda de sua raiz são feitos os mingaus e o caxiri (ou cauim, caiçuma), bebida indispensável no cotidiano e nas festas indígenas. Seu preparo fica a cargo das mulheres, que juntam na fermentação batata, milho, banana ou cana-de-açúcar para garantir perfumes e teores alcoólicos ao gosto do freguês.

N

NIMUENDAJU (1883-1945)

Pesquisador alemão cujo nome de batismo era Curt Unkel. Ele viveu no Brasil entre 1904 e 1945, quando se dedicou a estudar profundamente os índios, com os quais entrou em contato de norte a sul. Não fosse ele, não teríamos hoje um panorama tão completo sobre a presença maciça de populações indígenas em todo o país. Nimuendaju foi o autor do mais completo mapa sobre a distribuição (no tempo e no espaço) desses povos em território brasileiro. Fez isso sem GPS nem apoio de sensoriamento remoto. Ainda hoje antropólogos, linguistas e etnólogos se baseiam nos estudos e textos de Nimuendaju para realizar suas pesquisas.

O

ÓLEOS DOS FRUTOS DE PALMEIRA

São muitas as palmeiras que fornecem frutos para a produção de óleos: tucumã, jarina, inajá e tantas outras espalhadas pelo Brasil. Nas diversas áreas onde elas crescem, os índios descobriram tecnologias para o processamento da polpa, das sementes ou da casca dos frutos e vários modos de usá-los como cosméticos ou remédios. É o caso do óleo da semente de murmuru, matéria-prima de sabonetes vegetais. Devido à procura das indústrias por esses produtos, os índios vêm se organizando para comercializá-los de modo justo, que leve em conta o valor do conhecimento ancestral que têm sobre seus efeitos e virtudes.

P

PIRACEMA

Refere-se ao período em que os cardumes nadam contra a correnteza dos rios, enfrentando até cachoeiras para encontrar as nascentes e desovar. Esse é um dos fenômenos mais emocionantes da natureza, porque, para a reprodução e manutenção da espécie, qualquer forma de sacrifício e esforço vale a pena. No entanto, a construção de imensas eclusas ou barragens ao longo dos rios tem sido um obstáculo ao livre deslocamento dos peixes, que acabam ficando presos em determinados trechos, sem poder completar o trajeto. Com isso, os índios, que esperam a piracema para se alimentar com fartura, ficam a ver navios.

Q

QUINHAPIRA

Em nheengatu, *quinha* é pimenta e *pira* é peixe. Para saber o que é quinhapira, siga a receita: de um peixe fresco, retire apenas a barrigada (as tripas) e as escamas. Coloque-o em água fervente temperada com pouco sal, folhas de chicória da Amazônia e muita pimenta – ardida e aromática. Deixe cozinhar até que a carne se solte dos ossos e da cabeça. Junte farinha de mandioca e... pronto! Rapidinho se forma um pirão. Aí está uma refeição completa, saudável e perfumada. Apesar de ser uma receita preparada em quase todo o Brasil, só no noroeste da Amazônia ela é conhecida por esse nome – herança do nheengatu.

R

RECLUSÃO

Rapazes e moças indígenas passam por um período de aprendizagem para a vida adulta quando chegam à idade de casar (por volta dos 15 anos). Para tanto, ficam confinados em casa ou em um espaço específico da aldeia. O tempo de reclusão depende da posição social e das responsabilidades que cada um assumirá mais tarde; filhos de chefes costumam ficar mais tempo confinados que outros rapazes. Essa é a etapa mais dura da educação dos indígenas, quando se submetem às regras de sua sociedade e aprendem as propriedades das plantas e do mundo animal, as técnicas de cura e cuidados com o corpo, como fazer utensílios etc.

SAMAÚMA

Considerada a rainha da floresta amazônica, essa imensa árvore é respeitada e protegida pelos índios, que acreditam que nela moram espíritos poderosos. A samaúma tem uma particularidade: suas imensas raízes, repletas de água, chamadas de sapopembas. Os Ticuna, por exemplo, as usam como tambores acústicos para se comunicar a longa distância na floresta. Mas a espécie está ameaçada: como sua madeira se esfarela facilmente, tem sido muito utilizada pela indústria de compensados.

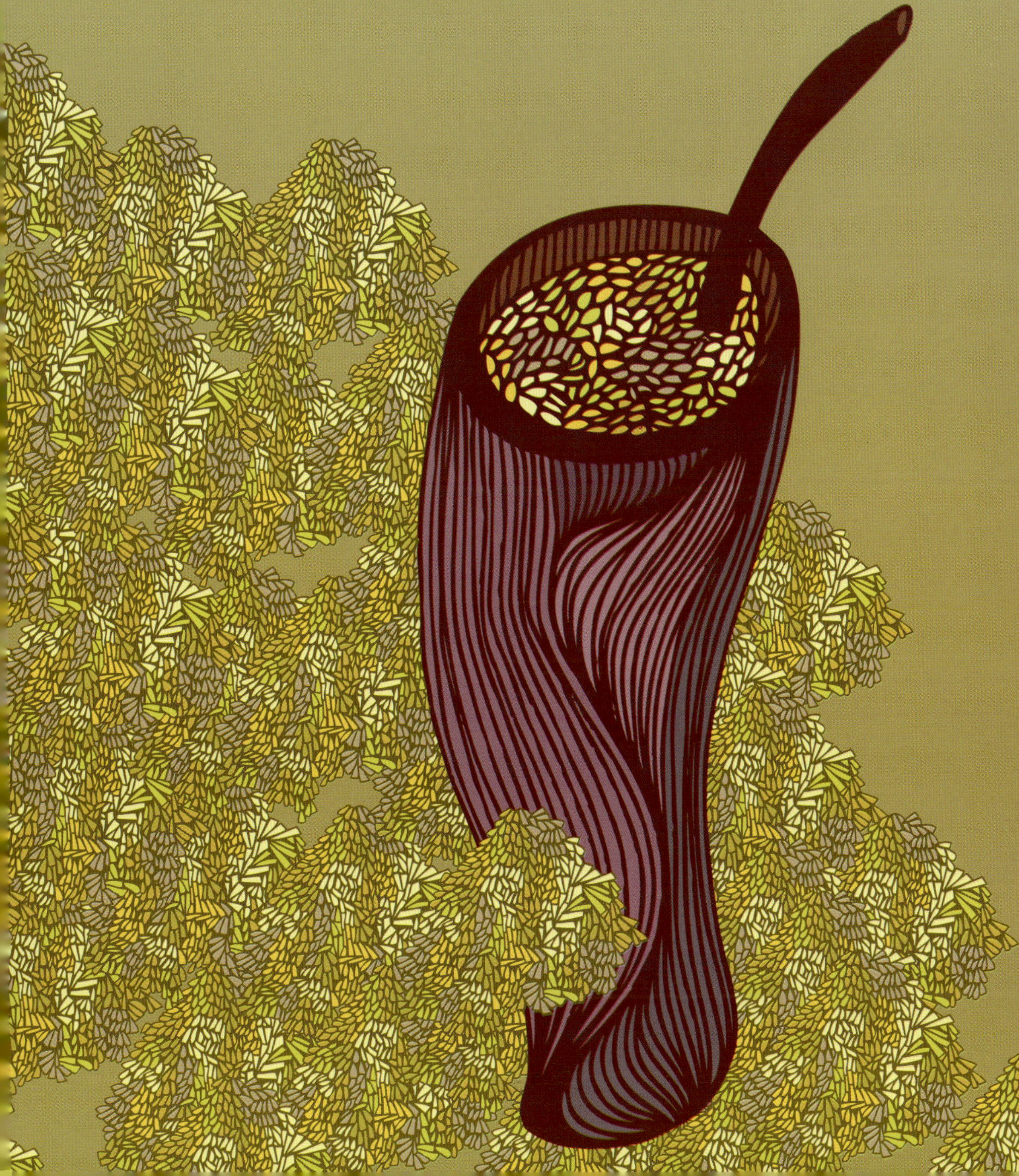

T

TERERÊ

Versão fria do chimarrão, bebida consumida muito quente. Foram os povos Guarani Kaiowá e Nhandeva, moradores dos campos sulinos, que nos ensinaram a tomar chimarrão e tererê. Conta-se que, durante a Guerra do Chaco (1932-1935), proibidos de acender o fogo para evitar que os inimigos vissem a fumaça das tropas, os índios recrutados como soldados dissolviam a erva-mate em água fria. Uma explicação para o nome é que "tererê" imita o som da bomba chupando as últimas gotas do fundo da cuia. Esse barulho é obrigatório, pois confirma que quem está bebendo não deixou vestígio algum da bebida para a próxima pessoa da roda.

U

URUCUM

As sementes desse fruto precioso, quando cozidas e coadas viram uma pasta que é matéria-prima de cosméticos, perfumes e tintura para pintar o corpo. Neste caso, com a função de proteger a pele do sol e das picadas de insetos. O cheiro, a consistência e a aplicação dependem de com o que as sementes são misturadas na massa: resina de breu-branco, óleo de andiroba e assim por diante. Não é preciso explicar mais nada... Basta ver a exuberância do vermelho das pinturas corporais para entender por que o cultivo do urucum está em praticamente todas as roças e quintais indígenas.

V

VARADOURO

Atalho aquático que permite encurtar muitas horas de viagem de barco ou de canoa pelos rios amazônicos. Quando as chuvas aumentam o nível dos rios, eles transbordam pelas margens e as águas invadem a floresta. Assim, rios cujo leito é cheio de curvas passam a ser imensos lagos bordados pela copa das árvores – os igapós –, por onde o viajante pode "varar" de um trecho a outro. Há mais uma palavra para falar a mesma coisa: furo.

W

WAJÃPI

Índios que vivem no Brasil (Amapá) e na Guiana Francesa. Com grande vitalidade cultural, dedicam boa parte do tempo às cerimônias em homenagem aos seus heróis criadores. Dão muito valor aos cantos e, nas festas, têm a chance de entoá-los e ensiná-los aos mais jovens, a maioria deles com os corpos pintados de urucum e ornados com desenhos negros feitos de jenipapo. Os mesmos grafismos decoram artefatos do cotidiano. Em 2002, o Brasil registrou a forma de expressão gráfica dos Wajãpi do Amapá como patrimônio cultural do país e, em 2003, a Unesco declarou a arte wajãpi de discursar, cantar e enfeitar-se patrimônio oral e imaterial da humanidade.

X

XAMÃ

É como se fosse o cientista, o pesquisador, o professor, o médico e o filósofo da comunidade a que pertence. Seu conhecimento e poderes vêm de sua capacidade de ver, observar e escutar informações que emanam da natureza, seja do reino animal, seja do vegetal. O xamã é procurado para curar, ensinar e dar conselhos. É o mesmo que pajé.

Y

YAMURIKUMÃ

Grande festa das mulheres, celebrada pelas dez etnias do Alto Xingu. De acordo com a mitologia desses índios, quando o mundo foi criado, as mulheres receberam atribuições masculinas – seduzir, abastecer a família de alimentos e cuidar da segurança das casas e das crianças –, até que os homens tomaram essas tarefas para si. Na festa de Yamurikumã, as mulheres representam suas origens, fazendo de conta que são homens: usam adornos de penas e chocalhos nos tornozelos (ornamentos exclusivamente masculinos) e tocam flauta, instrumento que, em dias comuns, lhes é proibido até de ver.

Z

ZARABATANA E ZAGAIA

As duas são instrumentos de caça e pesca. A zarabatana é um tubo comprido de madeira pelo qual são lançadas, com sopro, setas com ponta de algodão encharcada de veneno paralisante. Assim, em florestas muito densas, os caçadores conseguem abater pássaros ou animais que vivem na parte superior da copa das árvores, como macacos ou preguiças, que se esgueiram em meio aos galhos e cipós da mata fechada. A zagaia é uma lança usada para pescar. Seu dardo é de metal e pode ter duas ou três pontas. Antigamente, os dardos eram feitos com ossos bem esculpidos e afiados.

Fonte **Tarzana**

Papel **Couché Fosco 150 g/m²**

Técnica das ilustrações **Em vetor a partir de desenhos feitos a nanquim, digitalizados e coloridos.**